숭실대학교 한국문예연구소 학술자료총서 02

사진으로 보는 중앙아시아 고려인의 이주 및 정착사

우리 민족의 숨결, 그곳에 살아있었네!

김 이그나트·김 블라지미르·조규익

머리말

지워진 '민족의 기억' 살려내기

고려인들의 자취를 찾아 제법 부지런히 돌아다닌 몇 년이었다.

러시아·카자흐스탄·우즈베키스탄·키르키즈스탄·벨라루스 등 쉽게 갈 수 없는 나라들의 여러 도시와 마을들을 헤매고 다녔다. 그러나 '이제 고려인들은 없다!'는 것이 오랜 방랑 끝에 얻은 깨달음이었다. 대체 그들은 어디로 간 것일까? 빛바랜 사진 몇 장과 실실 부서지는 몇 권의 책자들에서나 그들의 모습을 훔쳐 볼 수 있을 뿐이다. 내가 상상 속에서 그려 온 고려인들의 모습은 더 이상 우리 곁에 머물러 있지 않다는 사실. 인정하기 싫지만, 인정할 수밖에 없는 현실이다. 마주 앉아 보아도 모습만 같을 뿐, 그들은 '소통할 수 없는' 타자(他者)로 남아 있을 따름이다.

엄혹했던 구소련 체제에서 소수민족으로 살아야 했던 그들이었다. 절망에 갇힌 민족의 탈출구를 공산주의에서 찾고자 그 이념의 고향 소련으로 갔다가 불의의 죽음을 당한 조명희. 그를 추앙하여 문학에 빠져들었다가 22년 간 북극 유형 및 강제노동의 쓰라림과 후유증으로 인생을 마감한 강태수. 그들은 원동으로부터 가축이나 짐짝처럼 실려 중앙아시아의 황무지에 쓰레기처럼 부려진 고려인들의 황당한 집단체험을 극적으로 대변한다.

오직 내가 원하는 바는

네가 속히 귀여운 아기들의

어머니가 되며

남편의 던지는 웃음에

두터운 정으로 대답하며

또 우리에게만 부족되지 않던

그 무엇으로 보태면서

무한히 행복하기를!

그리고 또 하나는!

너는 나를 "죄인"이라고

절대 부르지 말기를!

이곳은 모두다 시대의

불측한 장난일 줄 알어라

하늘이 아무리 흐린들

네철 내내 비가 내리겠는가.

사납던 징기스한의 무덤은

오늘도 나지지 않으며

로마에 불지르고도

"오, 나의 사랑하는 로마여!" 하고

웨치던 네로의 혼은

이날도 저주의 무쇠 탈 쓰고

아마 지옥에서 헤매리라

악은 백 년 후에도 발각되며

선은 민중의 부르는 노래에

오래오래 담겨진다.

–강태수 〈마음 속에 넣어 두었던 글〉 중에서

고려시인 강태수는 북극유형이란 마지막 길을 떠나며 자신의 연인에게 다른 사람과 결혼하여 여인으로서의 행복한 삶을 누려 달라고 부탁한다. 동시에 자신의 상황이 '시대의 불측한 장난'일 뿐, 자신은 죄인이 아님을 절규한다. '하늘이 아무리 흐린들 사계절 내내 비는 내리지 않을 것'이란 확신과 함께 징기스칸 및 네로의 악행을 예로 들었지만, 그가 여기서 언급하고자 한 인물은 징기스칸이나 네로가 결코 아니었다. 그가 이들을 통해 암시하고 싶었던 인물은 스탈린이었다. 스탈린 치하에서 강제이주와 북극 유형을 통해 젊음과 사랑을 잃은 그였다. 그러니 그에게 스탈린보다 더 극악한 군주는 없었을 터. '저주의 무쇠탈을 쓰고 지옥에서 헤매리라'는 그 저주의 대상은 네로가 아니라 스탈린이었다. 인생의 막바지에서야 시인은 자신이 몸담아 온 공간, 그간 생존을 위해 인정할 수밖에 없었던 공산주의 체제에 대한 환멸과 증오를 이런 저주로 표출시킬 수 있었던 것이다. 어찌 조명희나 강태수만 그러했을까.

◆◇◆

1세대 고려인 한 분을 만나기로 약속하고 날아간 키르기즈스탄. 비쉬켁 국제공항에 도착해 연락하니 그 분은 병원 중환자실에서 오늘 내일 하시는 중이었다. 이처럼 어딜 가도 1세대 고려인을 만나기란 불가능했다. 만날 수 있는 대상은 기껏 2~3세대

들이 대부분이었는데, 그들은 우리말을 거의 상실한 상태였다. 우리말을 잃으니 우리 역사를 잃게 되고, 우리 역사를 잃으니 민족의 정체성을 잃게 되며, 민족의 정체성을 잃어버리니 피차 민족적 동질감을 공유할 수 없었다. 찻집이나 식당에 마주 앉아도 그저 이민족을 만나듯 서로 데면데면할 수밖에 없었다. 절망이었다.

그러다가 산업연수생으로 국내에 들어온 고려인 3~4세들을 만나게 되었다. 작업현장에서 우리말을 배우며 급속히 민족적 동질감을 회복해가는 그들이 신기했다. 나라 밖에 흩어져 살며 정체성을 상실한 한민족 후손들에게 우리는 어떤 도움을 주어야 하는가. 그들을 보며 2천년의 지독한 디아스포라를 극복하고 민족 공동체의 강고한 모습을 과시하는 이스라엘 민족이 떠올랐다. 겨우 1~2세기의 디아스포라를 극복하지 못한다면, 우리의 체면은 말이 아닐 것이다. 이제 이산(離散)과 유랑(流浪)의 세월을 청산하고 민족 공동체로 거듭 나기 위해서 우리가 해야 할 일은 실수로 포맷된 컴퓨터 디스크를 복원하듯 '지워진 기억을 되살리는 일'이다. 우리 민족의 DNA에 잠재되어 있는 말과 정신의 씨앗을 움틔우기 위해 우리는 할 수 있는 모든 일들을 해야 한다. 뒤통수에 와 닿는 의심의 눈초리를 무릅쓰면서 이들 나라들을 뒤지고 다니는 것도 혹시 우리 모두의 기억을 되살려 줄 '그 무엇'이 있지 않을까 하는, 작은 희망 때문이다. 그렇게 하다 보면 언젠가는 희미한 의식의 끄나풀이라도 찾아낼 수 있을 것이다. 사실 지금 단계에서 당장 먹고 사는 일보다 중요한 것은 민족의 미래를 개척하는 일이다. 개개인의 수명엔 한계가 있지만, 민족의 수명은 영원하다!

◆◇◆

지워진 '민족의 기억' 살려 내기.

이처럼 화급하면서도 멋진 프로젝트가 또 있을까. 외세의 침탈과 거센 역사의 소용돌이에 휩싸여 헤맨 디아스포라의 세월을 담담하게 객관화시킬 만큼 우리의 마음과 체력이 커진 것은 사실이다. 문제는 모두의 관심이다. 나라들 사이에 이념의 장벽은 희미해지고 있지만, 정작 개인들은 이해관계의 장벽을 나날이 공고하게 쌓아올리고 있는 것이 현실이다. 공동체보다 개인의 행복과 이익을 우선하는 개인주의[혹은 이기주의]의 물결은 민족주의를 능가할 정도다. 우리의 과제는 소아(小我)를 넘어 민족의 어제와 오늘을 발판으로 바람직한 내일을 건설하는 일이다. 우리의 기획은 그런 소망으로부터 시작된다. 중앙아시아의 각처에서 고려인들을 만나고 그들로부터 귀한 사진자료들을 구했으며, 그것들을 일일이 디지털 자료로 만들었다. 그것들 가운데 1차적으로 묶은 결과가 바로 이 책이다. 남아있는 자료들을 정리·발간함으로써 민족공동체의 기억을 되살려 내는 작업을 계속하기로 한다.

강호 제현의 뜨거운 사랑과 관심을 고대한다.

2012. 3. 1.

한국문예연구소 소장 조규익

목차

1부
고려인들의 삶

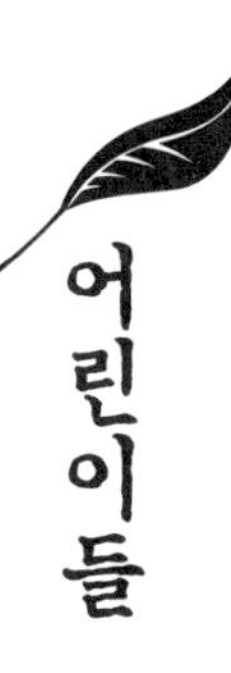

어린이들

러시아 연해주 최 이반 알렉산드로비치(오른쪽)의 어린 시절(1930년대)

우즈베키스탄 시골의 두 고려인 형제(1930년대 말)

김병화 농장의 한 어린이(1948년)

또이쮸바시의 황 이오시프(1948년)

김병화 농장의 어린이 욜랴(1950년)

안그렌시에서 엄마를 기다리는 김 블라디미르
(1950년대)

김 나제즈다의 조카 알렉산드르 빅또르비치 (1951년)

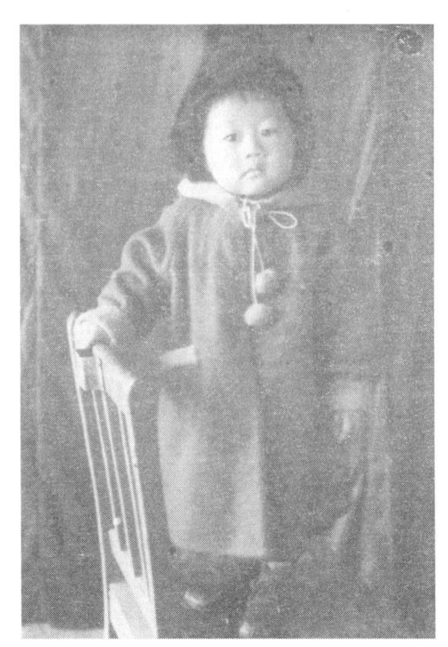

김병화 농장의 리 펠릭스(1951년)

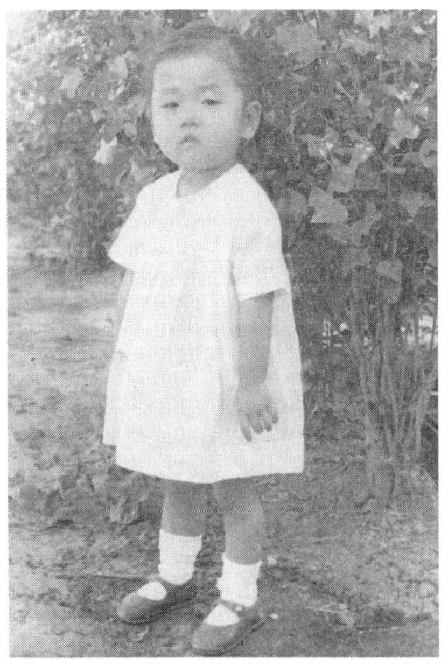

김병화 농장의 어린이 리 리따(1951년)

김병화 농장의 어린이들
리 클라라와 리 알료사(1951년)

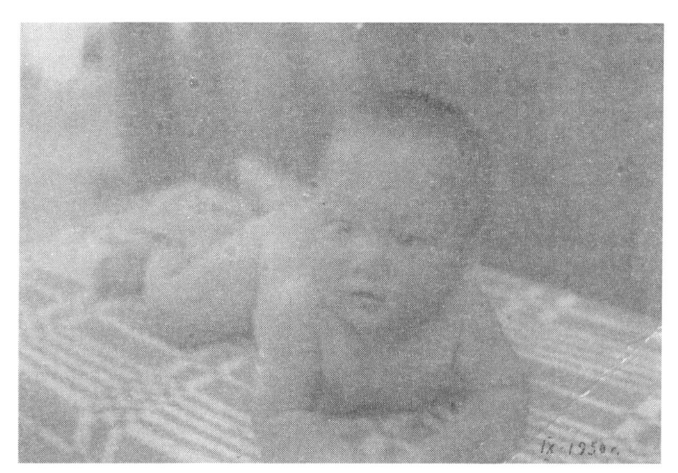
얀기율시의 박 수라(1951년)

김병화 농장의 꼬마 리 까챠(1953년)

김병화 농장의 어린 친구 정 고사(1953년)

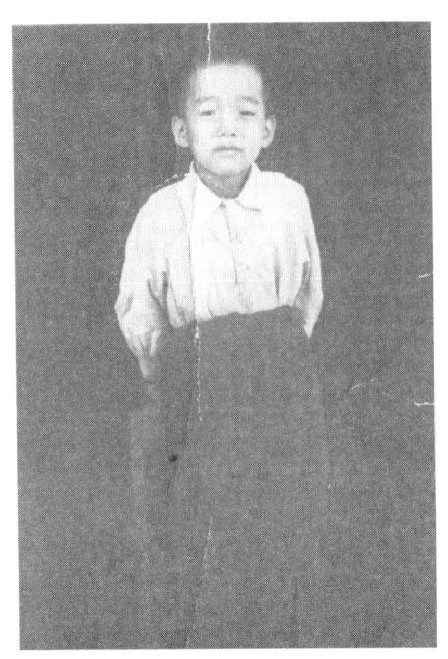

김병화 농장의 어린이 리 발렌찐(1953년)

얀기율시의 두 어린이 리 욜랴와 리 스베타
(1953년)

김병화 농장의 어린 친구들(1955년)

얀기율시의 박 수라(1957년)

안그렌시의 꼬마친구들.
왼쪽이 리 레냐, 오른쪽이 김 빌렌틴
(1957년)

안그렌시의 어린이들, 왼쪽이 엄 꼬스쨔(1958년)

김병화 농장 최 크세냐의 손자와 손녀들 사진(1960년)

몰로토브 농장의 두 친구 리 로마와 유 게나
(1960년대)

누이동생과 인형(1960년대)

안그렌시 고려인 아이들. 첫줄 오른쪽으로부터 두번째가 김 겐나디 오헤너비치(1960년대)

전쟁 놀이. 오른쪽이 다섯살 난 보바(1960년대)

친구들. 김 세르게이와 김 트로핌(1960년대)

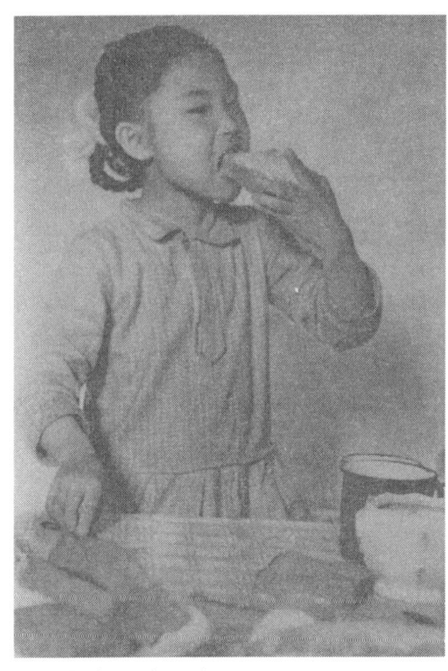

맛있게 빵을 먹고 있는
안그렌시의 한 여자아이(1960년대)

키르기즈스탄 오스시의
리 라리사와 리 로냐(1960년대)

안그렌시에 살던 김 예브게니 발렌찌노비치의 행복하던 시절(1970년)

동생 김 이고리를 안아 재우는 누나
김 소피아(1970년)

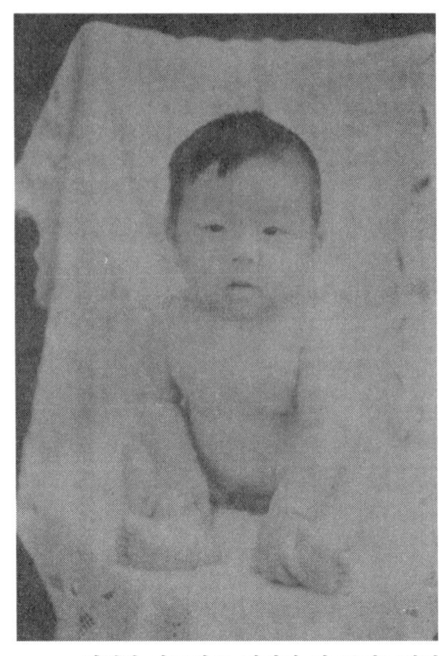

러시아 까쁘까즈 지역의 김 국혜노비치
(1970년대)

수르한다리야주에 사는 박 아나똘리와
김 나제즈다의 아이들(1970년대)

장난꾸러기들. 오른쪽부터 김 빅토르, 김 똘리크, 김 세르게이(1970년대 초)

사마르칸트시의 김 알렉산드로와 누이동생 나타샤(가운데)(1972년)

우슈뽀바 농장의 김 레오니드(1975년)

우슈뽀바 농장의 아이들(1976년)

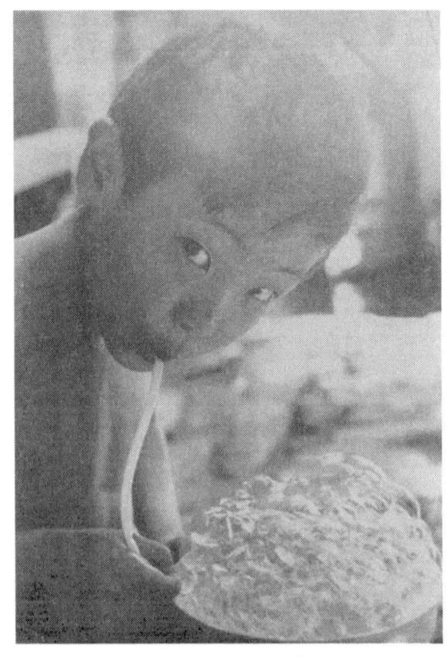

비누 거품 기술자.
김 류드밀라 오헤노브나의 조카(1980년대)

프라우다 농장의 고려인 아역배우들(1990년)

춤을 추고 있는 고려인 아이(2002년)

유럽 아동극장 콩쿨에서 우승한 어싸샤(2003년)

러시아 장교 한 야꼽 이오시포비치(1905년)

항상 조선옷을 입고 계시던
한 게나의 할머니(1930년 말)

김병화 농장의 리 마리아(1945년)

김병화 농장의 한 쎄폰(1947년)

사냥터에서. 오른쪽에서 두번째가 박 아나똘리(1950년대)

독서삼매경에 빠진 고려 지식인
(1950년대)

안그렌시에서
김일련 나우모비치의 조카들.
김 야코브와 김 빅토르
(1952년)

타쉬켄트시의
김 알렉산드르(오른쪽)
(1954년)

안그렌시의 고려인 이 그리고리(1955년)

김병화 농장의 리 보리스
(1957년)

불가리아 장미꽃 기념행사.
둘째 줄 첫번 째가 노동영웅 김 니꼴라이 연근노비치
(1959년)

러시아 소치에서 치료를 받고 있는 김병화 농장 노동영웅 김 니꼴라이 연근노비치
(1960년대 중반)

오른쪽으로부터 김 뾰뜨르, 김용택, 김 이노겐찌
(1960년대 초)

러시아 뻬찌고르스키시에서.
왼쪽이 박 이반 바실리예프,
오른쪽은 리 안드레이 바실리예프(1962년)

'붉은 별' 두 개와 많은 메달을 받은
소련국가안전부 김호결 소좌(1964년)

사마르칸트주의 한 마리아 할머니. 1889년생
(1969년)

나이지리아 공화국 대표단과 함께. 오른쪽에서 두번째가 김 블라디미르 나우모비치
(1980년대)

러시아 소치 치료소에서 휴가를 보내고 있는 이중 노동영웅 김병화(왼쪽)
(1980년대)

군대를 방문한 김병화 농장 노동영웅들(1980년대)

인민배우 따마라 하눔을 방문하고 있는 러시아어 교사들.
오른쪽에서 두번 째가 유 로자(1985년)

김병화 농장 역사박물관에서. 노동영웅 김 니꼴라이 연근노비치(1990년)

사냥터에서. 왼쪽에서 세번째 인물이 김병화 농장의 김병화 회장(1990년대)

우즈베키스탄 검사국 직원들.가운데가 김 일리야 나우모비치(1990년)

카자흐스탄 고려시인 강태수(1998년)

박현석의 아들 선화와 함께 메기를
(2000년)

부까시에서 메기를 잡은 김 아나똘리
(2000년)

김병화 농장의 박 블라디미르와 박 세르게이(2000년대)

김병화 농장에서. 왼쪽은 리 머리야 할머니(2001년)

러시아 대사관에서 고려인 사회단체 '부활'의 전 회장 라디온이
'Uniti'라는 훈장을 받고 환담하는 모습
(2003년)

아리랑 극장의 가수
강 블라디미르
(2003년)

아리랑 극장의 부사장
최 비싸리온
(2003년)

김병화 초상화
(2010년)

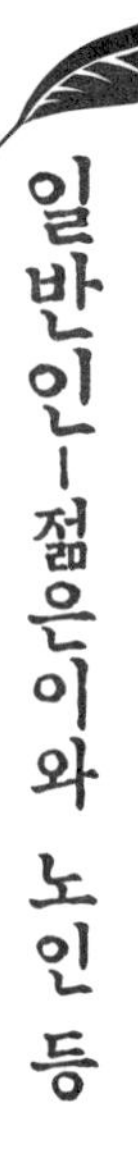

연해주 미하일롭까 마을의 소련군인들.
왼쪽이 박 끼릴(1920년)

연해주의 한정숙(1920년대)

러시아 군인으로 근무중인 연해주의 김국현
(1925년)

연해주에서 군인이었던 고려인 형제
(1930년대 초)

연해주의 고려인들. 첫줄 왼쪽에서 다섯번째가 한 멜라냐 야꼬블레브나
(1930년대 초)

연해주의 고려 여인들. 앞줄 왼쪽에서 두번째가 박 엘리자베타 안드레예브나 (1930년대)

러시아 연해주 양치헤 마을에서.
왼쪽이 한 소피야 야꼬블레나(1936년)

연해주에서.
오른쪽에서 두번째 사람이 한 소피야 야꼬블레나,
가운데가 한 알렉세이 야꼬브레베츠
(1930년대 초)

카자흐스탄 크즐오르다시의 최 이반
(1938년)

카자흐스탄 크즐오르다의 김신화
(1938년)

고려인 젊은이들. 왼쪽이 김 일리야 나우모비치(1940년대)

김 빠벨 나우모비치(왼쪽)(1940년)

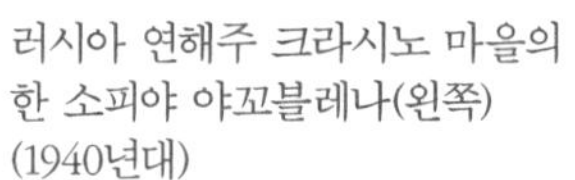

러시아 연해주 크라시노 마을의
한 소피야 야꼬블레나(왼쪽)
(1940년대)

사마르칸트주 중심부락의
김일순과 김봉희(오른쪽) (1941년)

세베르느 마야크 농장인
안 니꼴라이 이노겐찌예비치의 젊은 시절
(1942년)

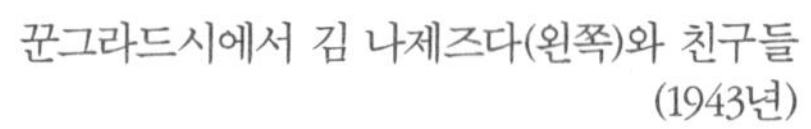

꾼그라드시에서 김 나제즈다(왼쪽)와 친구들
(1943년)

꾼그라드시에서 제2차 세계대전 시기의 젊은 고려 여성들.
오른쪽이 김 나제즈다(1943년)

사마르칸트시의 김 베라와 김봉희(왼쪽)
(1945년)

우즈베키스탄의 손 소피야와 김베라
(1945년)

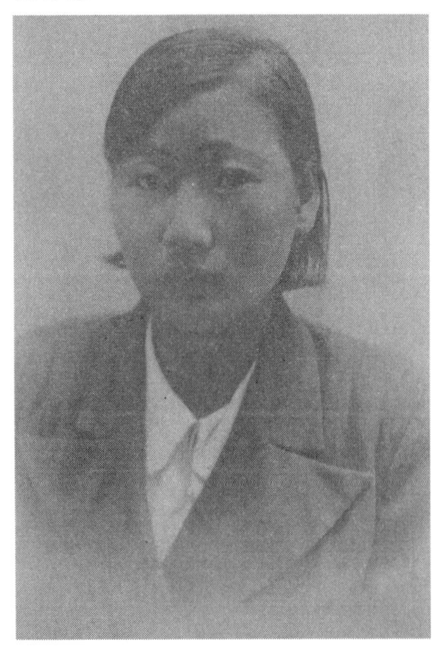

'주마' 기차역에서. 고등학생 김봉희(1945년)

타쉬켄트시의 리 알렉세이 니꼴라예비치
(1948년)

치르치크시에서. 첫줄 오른쪽이 김철수, 세번째가 김 알렉산드르(1950년)

교사의 모습(1950년대 초)

타쉬켄트시의 김 아가타
(1951년)

부까시 농업관리자(1952년)

카라칼파크스탄 자치공화국 벡치미르 부락의 고려여인 김 마리아 알렉세예브나(1956년)

카라칼파크스탄 자치공화국 누꾸스시의 고려인들. 왼쪽 두번째가 김 마리아 알렉세예브나 (1957년)

운전수 리 빠세(두번째 줄 오른쪽에서 첫번째)의 친구들(1960년)

레닌그라드시. 김 세르게이 오헤노비치가
대학을 다니던 시절(1960년대)

누꾸스시의 리 따마라
(1960년대)

사마르칸트시에서 한 쎄묜(오른쪽)과
그의 친구(1962년)

러시아 톰스크시의 11월 7일 명절 행진,
첫줄 왼쪽이 톰스크 라디오 기술대학생 김 올레그(1964년)

축구선수 리 미하일 바실리예비치(1965년)

러시아 노보시비르스크 소련 군인들.
왼쪽에서 두번째가 김 빅토르 알렉세예비치(1970년대)

김병화 농장 젊은이들. 가운데가 리 로마(1980년대)

김 소피아[불가리아 수도 소피아에서 태어났기 때문에 붙인 이름](1980년대)

러시아 알쫌시의 태평양 해군함대 소속 수병 (1980년대)

타쉬켄트시의 태권도 선수들(1990년대)

블라디보스톡에서 군생활을 하던 김 아나똘리(앞줄 왼쪽)와 친구들(1991년)

고려인 예술가들

김병화 농장의
김남견과
리 베라 드미트로브나의
결혼식에서 연주하는
소인예술단(취주악단)
(1945년)

1980년대의 젊은 음악인

아리랑 극장의 가수 김 막달레나(2002년)

김병화 농장의 이중 노동영웅 김병화
탄생 100주년 행사에 참석한 배우들
(2005년)

도라지 민속악단 배우들(2005년)

아리랑 극장의 배우들(2005년)

아리랑 극장의 가수 서 따냐(2005년)

아리랑 극장의 가수 김 나타샤(2005년)

카자흐스탄의 인민배우 김 리마(2005년)

이중 노동영웅 김병화 탄생 100주년 행사에 참석한
고려극장 합창배우 아주머니들

고려극장 합창 배우 아주머니들의 타쉬켄트시 방문

타쉬켄트시 교사들의 휴양소에서(1946년)

휴양지 악친스기에서.
김오현과 부인 김 엘레나(1950년대)

끼로보드스크 휴양소에서.
가운데가 노동영웅 김 니꼴라이 연근노비치
(1951년)

러시아 끼로보드스크 시의 휴양소에서
치료를 받는 김병화 농장의
노동영웅 김 니꼴라이 연근노비치(오른쪽)
(1951년)

러시아 끼로보드스크 시의 휴양소에서
치료를 받는 김병화 농장의
노동영웅 김 니꼴라이 연근노비치(뒤쪽)
(1951년)

러시아 끼로보드스크 시의 휴양소에서
노동영웅 김 니꼴라이 연근노비치
(1951년)

모스크바를 방문한 김병화 농장 열성자들(1954년)

모스크바 농어박람회에서. 오른쪽이 유전선
(1955년)

모스크바 의학대학에서 리 발렌찌나의
젊은 시절 모습(오른쪽) (1958년)

모스크바의 역사박물관을 찾은 뽈리따젤 농장 학생들(1959년)

우즈베키스탄 뽈리따젤 농장 학생들의 모스크바 관광 도중, 붉은 광장에서(1959년)

소련 경제성과 박물관을 방문하고 있는 고려인 연주단(1960년대)

모스크바를 방문한 프라우다 농장 열성노력자들(1960년대)

흑해를 여행하던
우즈베키스탄 학생들.
오른쪽 네번째가
김 빅토르 이그나찌예비치
(1960년대)

러시아 레닌그라드시의 네바강에서
김 엘자 니꼴라예브나
(1970년대)

러시아 레닌그라드시에서
김 알라 호게로브나와
전 블라디미르 끼릴로비치
(1974년)

러시아 휴양지에서 휴가를 즐기고 있는 김병화 농장 노동영웅들. 왼쪽이 김 니꼴라이 연근노비치 (1980년대)

디미트로브 농장 학생들의 모스크바 관광(1984년)

디미트로브 농장 학생들의 모스크바 관광(1984년)

2부
가르침과 배움

유치원 및 초등학교

깔밝스 농장 초등학교의
1학년 수료생들
(1948년)

깔밝스 농장 학교의
6학년 학생들과
담임교사 최 블라디미르 선생
(1948년)

프라우다 농장 유치원 원생들. 오른쪽이 교사 김병옥(1950년)

우즈베키스탄의 프라우다 농장 학생들(1950년)

중국 하얼빈시. 1학년 나제즈다 꾸지미노브나 선생님과 함께.
첫줄은 최 료내 유리여비치, 최학도 한극이베츠. 최 알리크.
둘째줄은 박 아포나시, 최 볼랴, 리 클림(1951년)

깔맑스 농장 학교의 최 블라디미르 선생과 학생들(1952년)

김병화 농장 유치원에서. 왼쪽이 교사 김 안또니나(1954년)

김병화 농장의 유치원. 오른쪽 네번째가 라 마라(1954년)

김병화 농장 유치원. 앞줄 가운데가 김 따마라 바실리예브나(1955년)

김병화 농장 유치원 원아들과 최 크세냐 교사(왼쪽)(1956년)

김병화 농장 유치원 원아들.
최 크세냐 교사가
리 조야를 안고 있음
(1957년)

김병화 농장 유치원생들
(1957년)

김병화농장 유치원 아이들.
두번째 줄 왼쪽 두번째가 리 조야
(1959년)

김병화 농장 유치원의 놀이시간(1960년대 초)

타쉬켄트시 유치원의 점심식사.
첫번 째 상 뒷줄 정면으로 보이는 아이가
김 율리야 뻬뜨로브나
(1960년대)

김병화 농장 유치원의 즐거운 점심시간
(1960년대)

김병화 농장 유치원 원아들과 리 니나 교사(1962년)

뽈리따젤 농장의 경기장. 여름방학을 맞은 학생들(1966년)

김병화 농장 유치원 원아들과 박 예까쩨리나 교사(1970년)

김병화 농장 유치원 아이들의 즐거운 여름날(1970년)

김병화 농장 유치원 사진
(1970년대 초)

'북쪽 마야크' 농장의
아동 여름교육시설
(1970년대)

김병화 농장 유치원 원아들과
박 예까쩨리나 교사
(1973년)

김병화 농장 유치원 대청소 광경(1980년대)

학업 우수상을 받은 학생들. 앞줄 왼쪽이 김 세르게이 블라디미로비츠(1980년대)

김병화 농장 유치원의 놀이터
(1990년)

김병화 농장의
초등학교 4학년생들
(1990년)

김병화 농장의 6학년 학생들.
둘째 줄 왼쪽에서
여섯번째 사람이 리 보바
(1990년)

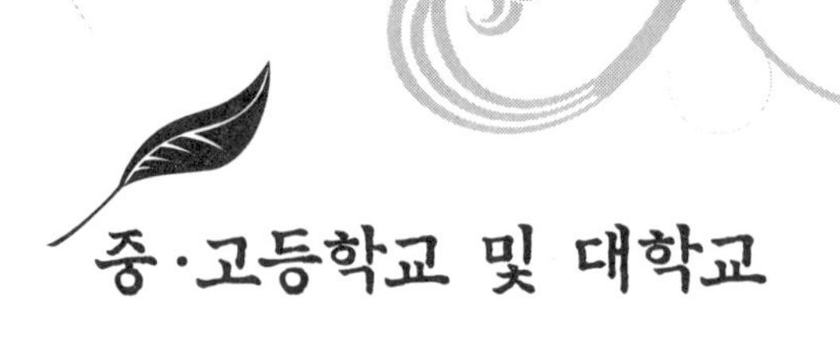

중·고등학교 및 대학교

연해주 노보키예브스크 시 중학교 학생들.
뒷줄 가운데가 한 알렉세이 야꼬브레베츠
(1930년)

연해주 사범대학 졸업생들(1930년대)

연해주 사범대학 학생들(1930년대)

연해주 노보키예브스크시 제1중학교 3회 졸업생들.
셋째 줄 오른쪽에서 세번째가 한 멜라니아 야꼬블레나(1931년 6월 30일)

원동 인터내셔널 대학 졸업생들(1933년)

사마르칸트 사범대학 시절의 한 소피야 야꼬블레나(뒷줄 두번째)(1940년)

사마르칸트시의 공장대학생(1940년)

사마르칸트시의 사범대학생들.
둘째 줄 왼쪽에서 첫번째가 한 소피야 야꼬블레나
(1940년)

카자흐스탄 크즐오르다 사범대학 역사학과 1학년생들(1940년대)

사마르칸트시의 사범대학생들.
첫째 줄 오른쪽에서 세번째가 한 소피야 야꼬블레나(1941년)

사마르칸트시 직업기술학교 학생들(1942년)

제2차 세계대전 중 가장 어려웠던 시절의 타쉬켄트시 고려인 대학생들(1942년)

꾸일로크 부락 학교 졸업사진. 뒷줄 왼쪽으로 두번째가 김 일리야 나우모비치(1943년)

사마르칸트시 직업기술학교 학생들(1945년)

김병화 농장의 타쉬켄트 농업대학 학생들.
뒤에서 오른쪽이 리 보리스
(1949년)

김병화 농장 학생들(1950년대 초)

고려인 대학생들의 모습(1950년대 초)

벡치미르 마을의 고려인 여학생들.
가운데가 김 마리아 알렉세예브나
(1950년대 중반)

모스크바 의과대학.
오른쪽이 리 발렌찌나
(1950년대)

모스크바 종합대학. 왼쪽이 김 일리야 나우모비치(1950년대 중반)

프라우다 농장의 학생들
(1953년)

타쉬켄트주 제24중학교 학생들.
오른쪽이 김 마리아 알렉세예브나(1954년)

페르가나시의 '꼬가노비츠'라는 이름을 가진 제2중학교 학생들.
둘째 줄 여섯번째가 김 뾰뜨르 니꼴라예비치(1954년)

깔맑스 농장 제15중학교 14반 졸업생들(1955년~1956)

김병화 농장 제59고등학교 학생들과 리 엘자 선생(1955년)

카라칼파크스탄 자치공화국 벡치미르 부락
제25중학교 학생들.
첫줄 가운데가 김 마리아 알렉세예브나
(1955년)

카라칼파크스탄 자치공화국 벡치미르 부락 제25중학교 학생들(1955년)

모스크바 종합대학 법률학과 졸업생들.
아래로부터 넷째줄 왼쪽에서 열번째 인물이 전 소련 대통령 고르바초프 미하일 세르게예비치.
첫째줄 오른쪽으로부터 네번째 인물은 김 일리야 나우모비치
(1955년)

깔맑스 농장 학교의 학생들과 7학년 담임교사 최 블라디미르 선생(1956년)

모스크바 자동차와 도로 대학을 졸업한 장 로디온 낙체노비치(둘째 줄 왼쪽에서 첫번째)
(1956년)

모스크바 리 발렌찌나의 행복한 대학시절
(1957년)

뽈리따젤 농장의 푸룬제라는 명칭을 가진 제19중학교 5학년 졸업생들(1957년)

'조선어와 문학' 교사들의 공화국 세미나 기념 사진(1957년)

바닷가 크름시의 요양소에서 휴가중인 뽈리따젤 농장 학생들과 농업원들(1958년)

우즈베키스탄의 프라우다 농장 학교 교사들(1960년)

우즈베키스탄 깔맑스 농장의 교사와 학생들. 첫줄 왼쪽 두번째가 최 블라디미르 선생 (1962년)

타쉬켄트주 학교들의 음악 콩쿨에 찌미래제바 아카데미라는 명칭의
제59 중학교 학생들이 참여한 모습. 연출은 채 보리스 바실리예브나(1966년)

우즈베키스탄의 '붉은 동쪽' 농장. 윤 나제즈다 선생과 그의 학생들(1970년대)

안그렌시 체육선수들의 5월1일 기념행렬(1980년대)

김병화 농장 제59중학교. 러시아 10월혁명 시대 군인복장을 한 학생들 (1986년)

3부
일과 일터

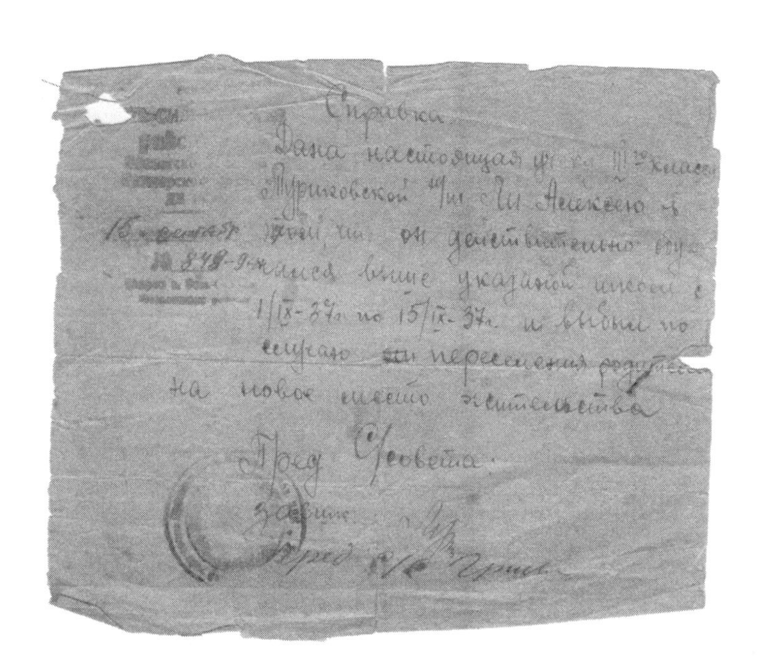

Справка
Дана настоящая [illegible] III-го класса
[illegible] Ли Алексею [illegible]
[illegible] что он действительно обу-
чался выше указанной школы с
1/IX-37г. по 15/IX-37г. и выбыл по
случаю [illegible] переселения родителей
на новое место жительства
Пред Ссовета.
[illegible]

소비에트 농장에서 발급한 증명서.
"본인은 1937. 09. 01.부터 1937. 09. 15.까시
위에 쓰여진 지역에서 공부한 것을 증명합니다.
새 지역으로 이사한 이유로 학교를 그만 두었음.
소비에트 농장 회장 (사인)"
(1937년 9월 15일)

교사들(1940년대 중반)

제2차 세계대전의 어려운 시절 학생들과 담임(1940년대)

김병화 농장에서.
오른쪽이 노동영웅 김 니끌라이 연근노비치
(1940년대)

김병화 농장에서 수확한 목화를 달고 있는
노동자들(1942년)

2차대전 중 치르치크시 도로건설에 소집된 젊은 고려인들.
뒤로부터 둘째 줄 첫번째 인물이 강 니나 야꼬블레나(1942년)

김병화 농장에서.
둘째줄 왼쪽에서 첫번째 인물이
미래의 노력영웅 리 본주(1947년)

우슈뽀바 농장에서.
왼쪽이 리 알렉세이 니꼴라예비치(1949년)

깔맑스 농장의 여교사들(1950년)

김병화 농장 노동영웅
김 니꼴라이 연근노비치(1950년)

새길 농장의 농학사 오병남과 박선옥(1950년)

김병화 농장의 노동영웅들. 앞줄 가운데 인물이 김병화 회장(1950년)

김병화 농장의 노동영웅들(1950년)

김병화 농장의 열성자들. 오른쪽이 김 니꼴라이 연근노비치(1950년대)

김병화 농장의 여성 열성자들(1950년대)

김병화 농장의 젊은이들(1950년대)

김병화 농장의 축구선수들(1950년대)

김병화 농장의 수상기념식 파티(1950년대)

농부들(1950년)

디미트로브 농장에서. 뒷줄 왼쪽부터 한영수,
최 리다, 앞의 아기는 원사샤(1950년대)

김병화 농장의 작업회의[일어선 사람이 김병화 회장](1950년대)

레닌 농장에서 스딸린 동상과 함께.
셋째 줄 왼쪽이 차 덴힙(1950년대)

미래의 이중 노동영웅 김병화(왼쪽)
(1950년대)

1940년대 중반 뽈리따젤 농장의 회장인
오병남(1950년대)

프라우다 농장의 여성 친구들(1950년대 말)

김병화 농장 열성자들. 오른쪽으로부터 두번째가 노동영웅 김병화,
왼쪽으로부터 두번째가 노동영웅 김 니꼴라이 연근노비치(1950년대 말)

김병화 농장의 열성자들(1953년)

김병화 농장에서 목화 따는 모습. 왼쪽이 리 알렉세이 니깔레예비치(1954년)

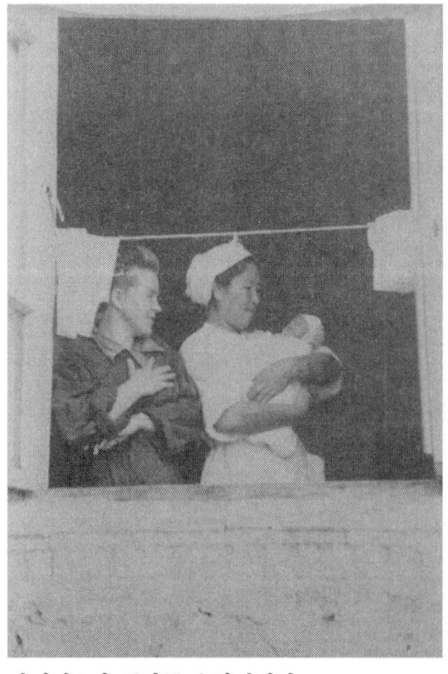

타지키스탄 공화국 수랍시에서.
산파 박 니나 안드레예브나(1954년)

김병화 농장의 한 쎄묜, 최단속,
김 니꼴라이 연근노비치(1955년)

벡치미르 부락에서.
리현석 할머니의 텃밭 김매기
(1955년)

김병화 농장에서 한 쎄묜(왼쪽)(1956년)

뽈리따젤 농장의 농민들(1958년)

5월 1일 기념행사
(1959년)

김병화 농장의 운전수들
(1960년)

김병화 농장의 운전수들.
왼쪽부터 박 세르게이,
리 미하일(1960년)

김병화 농장 관리자들.
오른쪽으로부터 김남견, 박 이반, 정연성, 김연강, 리태연
(1960년대)

김병화 농장 관리자들의 회의 모습.
중앙은 이중 노동영웅 김병화
(1960년대)

깔맑스 농장의 제22중학교 교사들(1960년대)

깔맑스 농장 학교의 학생들과 최 블라디미르 선생이 목화를 따고 있는 모습
(1960년대)

안그렌시의 벼논 제초작업
(1960년대)

우즈베키스탄의 농장 관리자들
왼쪽부터 정연성, 남쎄묜, 김견장
(1960년대)

집단농장의 예술인들(1960년대)

김병화 농장에서
연금을 받는 노인
(1960년대)

디미트로브 농장의 한연순 할머니
(1960년대)

목화 수확에 동원된 시의 직원들.
가운데가 김 뾰뜨르 니꼴라예비치
(1960년대)

전 소련 몰다비아 공화국의 군에서
공로를 세운 동병남(오른쪽)(1960년대)

김병화 농장의 영웅들. 둘째 줄 왼쪽이 노동영웅 김 니꼴라이 연근노비치
(1970년대 초)

김병화 농장의 닭 공장(1970년대)

세베르느 마야크 농장에서
목재를 부리는 모습
(1970년대)

카라칼파크스탄 자치공화국
누꾸스시에서 목화따기에 동원된
의료고등학교학생들.
뒷줄 오른쪽에서 세번 째가
리 마리아(1970년대)

타쉬켄트주 목화 수확에 동원된
대학생들
(1970년대 말)

타쉬켄트주 목화 수확에 동원된
대학생들
위쪽에 앉은 사람이 김 이고리
(1970년대 말)

김병화 농장의 벼 수확 장면. 가운데가 한 쎄몬(1971년)

김병화 농장 병원에서의 대청소(1980년대)

러시아 군인
김 빅토르 니꼴라예비치
(1980년대)

러시아 노보시비르스크의 소련군인들.
왼쪽이 김 빅토르 니꼴라예비치
(1980년대)

세베르느 마야크 농장의
진료소
(1980년대)

고려인 사회단체 '부활'의 열성자들(1990년대)

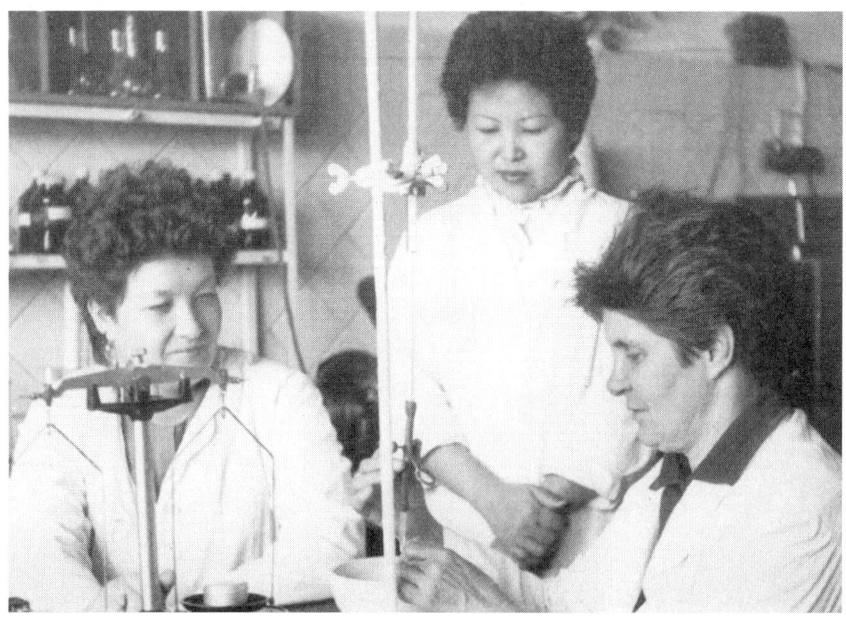

안그렌시 빵공장의 실험부(1990년대)

영화감독 조 쎄폰
(1990년대)

중앙 전기기술 제작소의 직원들
(1990년)

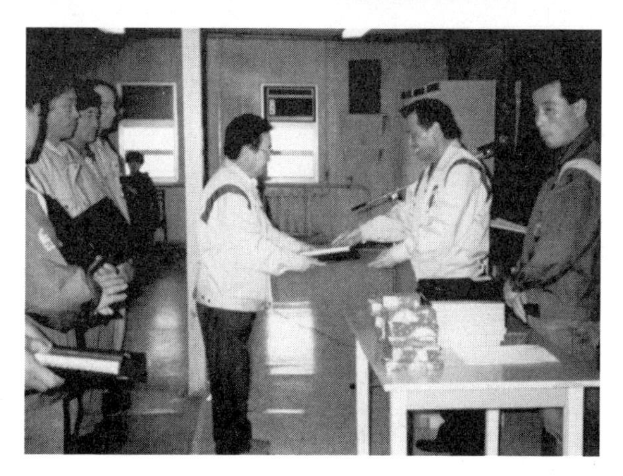

대우-Telecom에서
상을 받는 차 볼래이바노비치
(1995년)

농장을 방문한 한국인들(2009년)

뽈리따젤 농장의 현재 모습

김병화 박물관(김병화 농장)

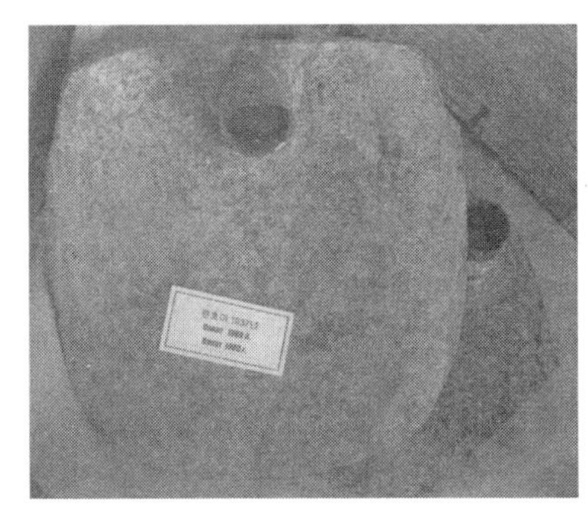

고려인들이 쓰던 큰 호미(김병화 박물관)

김병화 책상(김병화 박물관)

4부
고려인 가족

러시아 이르쿠츠크시의
러시아군 장교
안 니꼴라이 바실례비치 가족.
아들 안 빠벨 니꼴라예비치
(1918년)

연해주 김호철 소련 군인 가족(1920년)

연해주 스탈린대학 김 이반 교수 가족.
부인 박 니나 안드레예브나와 딸 리자(1920년)

연해주에서 송 바실리와 박 베라 부부,
아들 미하일과 딸 소피야(1924년)

김병화 농장의 미래 노동영웅
김 니꼴라이 연근노비치 가족
(1940년대 초)

사마르칸트주 한 멜라니야 야꼬블레나 가족(1940년대 초)

프라우다 농장의 김연옥 가족
(1940년대)

카자흐스탄 까라간다시의
서 엘리자베타 가족(1946년)

타쉬켄트주의
김일연과 부인 김순
(1950년대 초)

지전허 마을의 할아버지와 손자들(1950년대)

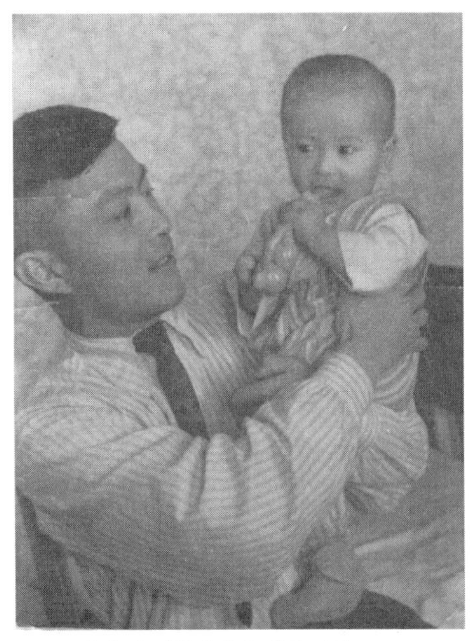

모스크바의 허 니꼴라이와 아들 싸샤
(1950년대)

어려운 시절의
안 니꼴라이 이노겐찌예비치 가족(1950년대)

수르한다리야주의 반 콘스탄틴과 그의 딸
(1950년대)

안그렌시의 김 엘레나와 아이들
(1950년대)

치르치크시 한 게오르기의 가족(1950년대)

김동비 부부
(1950년대 말)

안그렌시에서 김일련 나우모비치와
조카 김 야코브 및 김 빅토르(1952년)

프라우다 농장의 김영철 가족
(1951년)

프라우다 농장의 김영철 가족(1952년)

중국 하얼빈시의 김 엘레나 가족(1953년)

또이쮸바시에서.
왼쪽으로부터 클라라, 지나, 빌레,
로자, 비사리온(1955년)

안그렌시의 고려인 가족. 왼쪽부터 엄쎄묜, 김오현, 김 엘레나(1955년)

윤수산 할머니 가족(1955년)

윤수산과 그의 아이들 윤조야, 알비나, 로자(1955년)

김승화 가족(1956년)

최 유리 알렉산드로비치 소장의 가족
(1956년)

러시아 안전부 소좌 김호결의 가족(1957년)

러시아 오르조니끼드지시의 고려인 손독씨 가족(1957년)

안그렌시에서(1958년)

모스크바 소련 농업박람회를 찾은 가족(1958년)

시베리아 지역 뻬트로빠-블로프스키-캄차스키시에서 탁구를 즐기는 아이들(1958년)

여름철의 낚시 준비(1960년대)

안그렌시의 김오현과 그의 처 김엘레나(1960년)

안그렌시의 고려인들. 첫줄 오른쪽에서 두번째 인물이 김 겐나디 오헤너비치(1960년대)

김 겐나디 오헤너비치와 딸(1970년대)

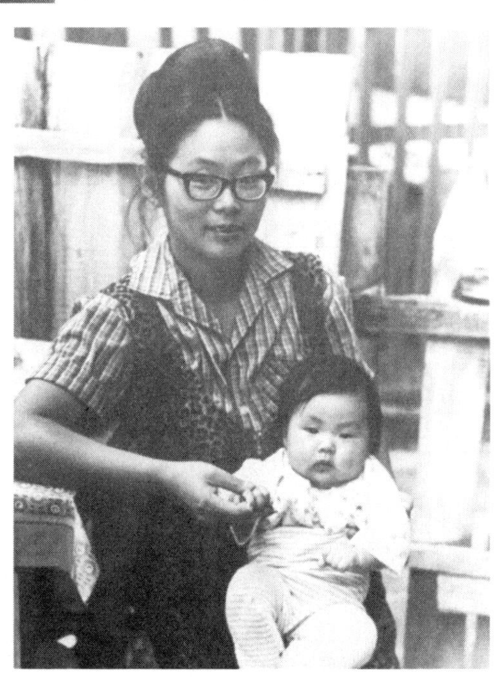

까스가다리야주의
김 율리아나 스쩨바노브나와 그의 딸
(1970년대)

안그렌시에서 김 세르게이 오헤노비치
(1970년대)

우즈베키스탄
서변성 할머니의
가족사진
(1970년대)

김 블라디미르와 리 엘미라, 그리고 그의 아들 김 세르게이 블라디미로비치(1970년대)

타쉬켄트시에서. 할머니를 흉내내는 손자들 김 엘레나와 세르게이(1970년대)

우즈베키스탄의 고려인 가족.
왼쪽부터 아내 얀 스텔라, 딸, 정 알렉세이 니꼴라이예비치, 아들 드미트리(1970년)

몰로토브 농장에서. 리 로마와 아내 김 안또니나, 그리고 아들 리 발레리(1979년)

어머니 리 엘미라와 아들 김 세르게이 블라디미로비치(1980년대 초)

김병화 농장에서.
왼쪽으로부터 김 안또니나, 김 엘라와
그의 딸 옥사나, 아들 로마
(1980년대)

김병화 농장에서 손자들과 함께 한 리 알렉세이 니꼴라예비치(1980년대)

손자들과 함께 한 안전부 소장 김호결(1980년대)

타쉬켄트시 박 보로니슬라브(뒷줄 왼쪽으로부터 두번째)의 가족(2005년)

우즈베키스탄의 김 엘레나와 딸 김 나딸리의 다정한 모습(2008년)

5부
풍속
_돌, 결혼, 회갑, 장례

우슈뽀바 농장 전순옥 할머니의 회갑 기념사진(1945년)

리 올랴와 김 알렉세이의 결혼장면(1953년)

얀기율시 오순해 할머니의 회갑잔치(1957년)

김병화 농장 농업장 허순자의 회갑잔치(1958년 9월 15일)

김병화 농장 최 크세냐 교사의 회갑잔치. 뒤에 걸어놓은 천들은 손님들이 갖고 온 선물 (1960년)

최 보리스와 김 버네라의 결혼식 장면(1965년)

윤수산 할머니의 회갑잔치(1969년)

김(손) 소피야 바실리예브나(김호결 부인) 장례식(1969년)

깔리닌 농장 김사샤의 돌잔치. 뒷줄 왼쪽에서 여섯번 째가 리 마리아(1970년대)

투르크메니스탄 공화국 최 클라라와 노 예브게니(1973년)

리 넬랴의 결혼식(1980년)

우즈베키스탄 리 넬랴의 결혼식(1980년)

시집 가는 처녀(1980년대 말)

우즈베키스탄 김 예브게니 발렌틴노비치의 돌잔치(1980년)

엄 나딸리의 돌 잔치(1987년)

돌잔치에서 잔치상을 먼저 차지한 동생

디미트로브 농장
(전 불가리아 공화국 공산당 제일 비서 동생)의
결혼 기념 사진(1990년)

김 이료사의 6살 생일날(1998년)

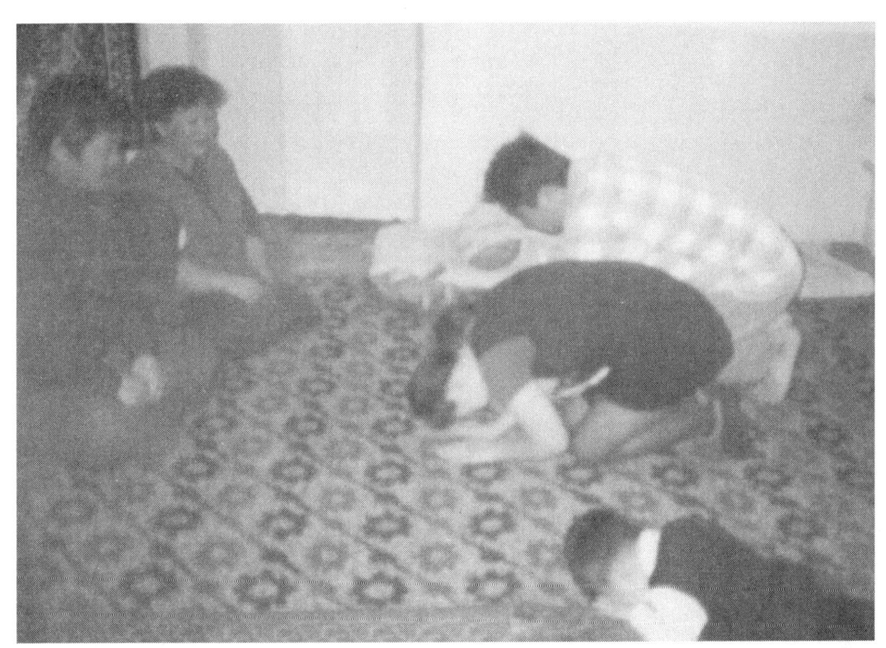

김병화 농장에서 박현석[한국인] 부부와 아들이 절을 올리는 모습(2000년대)

돌잔치에서 귀여운 고려 아가들(2000년대)

김병화 농장 박 세르게이의 75세 생일날(2005년)

리 예브게니와 리 알레브찌나의 회갑상(2006년)

최 이반과 리 나스쨔의 회갑날 인사(2006년)

김병화 농장에서 허 알라와 리 보바의 결혼식(2007년)

모스크바 허 나탈리와 유 스타스의 결혼기념(2008년)

키르기즈스탄 비쉬켁시 허 디마의 생일잔치(2008년)

6부
나라 밖의 북한인들
북한의 고려인들

평양에서. 오른쪽 네번째 인물이 김일성, 오른쪽 첫번째가 최 이반 알렉산드로비치(1946년)

평양에서. 첫줄 왼쪽으로부터 세번째가 최 이반 알렉산드로비치(1946년)

북한에서. 오른쪽이 강 니나 야꼬블레나
(1947년)

북한에서. 고 마리아와 모친(1940년대 말)

북한 만경대 정치군사아카데미 제2차 졸업생들.
둘째줄 다섯번째 인물이 김 빠벨 나우모비치
(1948년)

북한 만경대 정치군사아카데미.
셋째 줄 왼쪽으로 다섯번째 인물이 한 소피야 야꼬블레나
(1949년)

러시아 모스크바
로모노소브 종합대학의 북한학생들.
맨 뒷줄 가운데가 김 일리야 나우모비치
(1950년)

평양에서. 왼쪽에서 두번째가 강 니나 야꼬블레나(1950년대)

북한을 방문한 김병화 농장의 배우들.
둘째 줄 첫번째가 노동영웅 김 니꼴라이 연근노비치(1950년대)

중국에서. 둘째줄 왼쪽으로부터 두번째가 고려인 김용택(1950년대 중반)

불가리아 공화국 북한대사 관저 근처에서(1950년대)

평양 조선인민공화국 군 소장
최 이반 알렉산드로비치(1950년대)

모스크바에서.
김현몽과 북한 당 학교 김승화(1952년)

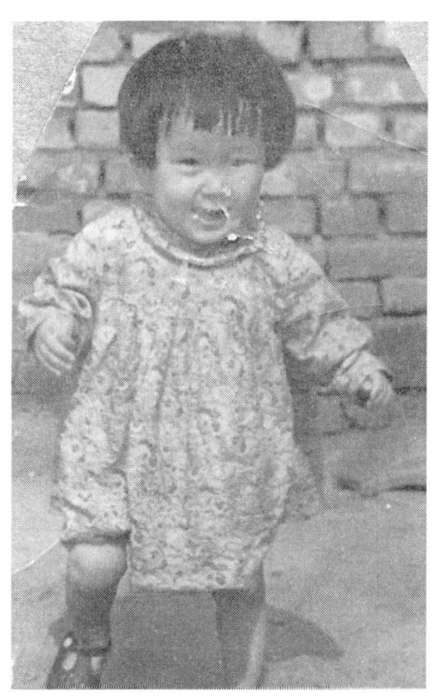

북한 신의주시의 최지나(1952년)

북한에서. 오른쪽이 최 라이사 유레브나(1953년)

모스크바에서. 북한정부 대표단과 유학생들.
첫줄 오른쪽으로부터 11번째 인물이 김 일리야 나우모비치(1954년)

북한의 금강산에서. 최 이반 알렉산드로비치
(1954년)

중국에서. 둘째 줄 왼쪽 네번째가 최 이반 알렉산드로비치(1954년)

평양에서. 첫줄 왼쪽으로부터 두번째가 강 니나 야꼬블레나(1954년대)

북한 원산시의 최월랴(1955년)

평양시 제6고중학교. 첫줄 오른쪽으로부터 두번째가 조벨라(1955년)

북한에서. 오른쪽이 최 이반 알렉산드로비치(1956년)

평양에서. 뒷줄 오른쪽이 최 월랴 이바노비치(1956년)

모스크바 북한 대사관 직원들(1957년)

중국에서. 왼쪽 두번째가 최 이반 알렉산드로비치(1957년)

평양에서. 왼쪽이 최 이반 알렉산드로비치, 오른쪽이 최 유리 알렉산드로비치(1957년)

모스크바에서 북한 정부 대표단과 대사관 간부들.
첫줄 오른쪽 네번 째 인물이 김일성,
둘째줄 왼쪽에서 다섯번 째 인물은 김 일리야 나우모비치(1958년)

북한 사리원시 최 유리 알렉산드로비치 소장의 가족들(1958년)

불가리아의 북한 대사관 직원들.
뒷줄 오른쪽 첫번째 인물이 김 일리야 나우모비치(1958년)

불가리아 북한 대사관의 여직원들(1958년)

불가리아 북한 대사관 직원들의 산책 모습(1959년)

불가리아 북한대사관 직원들의 야유회.
오른쪽 뒤편이 리 발렌티나(1959년)

불가리아 북한 대사관 직원들. 뒷줄 오른쪽 첫번째가 김 일리야 나우모비치(1960년대)

북한 배우대표단을 환영하는 경리부장 김남견(1960년대)

불가리아를 방문한 북한 체육단.
첫줄 왼쪽 두번째가 김 일리야 나우모비치(1960년대)

불가리아에서 북한 선수단과 대사관 직원들의 만남.
첫줄 왼쪽이 김 일리야 나우모비치(1960년대)

불가리아 북한 대사관을 방문한 북한 최고 인민회의 대표단(1960년대)

불가리아의 소피아 종합대학을 방문한 북한 정부 대표단(1960년대)

발문

우리는 돌아간다

МЫ ВОЗВРАЩАЕМСЯ

Когда во второй половине 18-го века на необъятных просторах русского Приморья стали появляться первые переселенцы из Кореи, то выглядели они, конечно, отнюдь не презентабельно. И это понятно, ведь основную массу иммигрантов составляли бедные крестьяне, нищие как материально, так и духовно. Буквально на первых страницах размещены фотографии, на которых изображены, пожалуй, самые первые переселенцы, сумевшие найти в себе силу духа, чтобы вырваться из круга тяжкой жизни и отправиться в неведомые края, преодолев многие километры пути, полных лишений и опасности. Грубая одежда простолюдинов, длинные крестьянские трубки, соломенные лапти. Они еще не сознают, какой свершили величайший духовный и физический подвиг: на их лицах лишь настороженно-пугливое выражение, присущее дикарям, которым неведомо, для чего их рассадили перед черным ящиком на треноге и заставляют не шевелиться. Запомните эти снимки, потому что они тоже являются документальными страницами истории из жизни многострадального корейского народа.

По-разному складывалась судьба переселенцев. Были периоды, когда Россия привечала их, давала гражданство, наделяла землей. Но были и периоды, когда закрывала двери, но люди все равно шли, потому что всем свойственно надеяться на лучшее. Но независимо от того, кем был переселенец – зажиточным крестьянином или безземельным батраком, рудокопом или лесорубом, каждый из них постигал общую для всех диалектику на чужбине. Что, если хочешь жить хорошо, надо хорошо трудиться. А, если еще и достойно, то надо быть образованным. И поэтому духовное преображение корейцев Приморья шло с колоссальной быстротой. Достаточно сказать, что к 1917 году корейских национальных школ насчитывалось 182. В них обучалось 5750 учащихся, работало 257 учителей. Были еще 43 миссионерские и смешанные государственные русско-корейских школы с 2599 учащимися и 88 учителями. Так что уже до революции не оставалось ни одной корейской деревни или сельской местности, где бы отсутствовали начальные учебные заведения. И потому невольно испытываешь чувство гордости, когда читаешь доклад чиновника Министерству просвещения, где есть такие строки: «По справедливости можно сказать, что школьное образование среди корейцев стоит выше, чем среди русского населения Приамурского края, не говоря уже о Забайкальской области, где, например, в казачьих поселениях трудно встретить грамотных… Напротив, у корейцев нет ни одного селения, где не было бы школы, а есть места, где две школы, не считая корейских школ для малолетних детей. Вполне сознавая пользу образования, корейцы не щадят денег на него и широко отпускают средства».

И уже в этот период мы видим снимки учащихся и учителей, первых корейских интеллигентов. В них еще нет чувство достоинство, которое дает образование и ум, но есть пытливый взгляд и желание постичь многого.

Понятно, почему основная масса корейских переселенцев поддержала Советскую власть, и воевала на стороне красных. С одной стороны, как и большинство обездоленного трудового народа России, они поверили лозунгам большевиков: «Земля - крестьянам, заводы – рабочим». С другой стороны, не могли и не хотели смириться перед ненавистными японскими интервентами, которых призвала на помощь белая гвардия. Более сорока корейских партизанских отрядов действовали на территории Приамурья, и есть документальные подтверждения командиров Красной Армии, что сыны из Страны Утренней Свежести были не в последнем ряду мужественных бойцов. Не так уж много снимков сохранилось той поры, и этому есть причины, о которых мы скажем ниже. Но даже по публикуемым снимкам корейцев в военной форме, можно проследить, как закалялся характер вчерашних безропотных переселенцев.

А потом, в в конце 20-х годов прошлого столетия началась коллективизация. Земл

발문

우리는 돌아간다

블라디미르 김(용택)(우즈베키스탄 공훈 예술가 겸 작가) 씀

오두영(강남대 교수) 역

18세기 후반 러시아 연해주의 광대한 지역에 한국으로부터 온 최초의 이주자들이 나타나기 시작했을 때 그들의 몰골은 전혀 볼품없는 모습으로 보였다. 이주자들은 가난한 농민들로 물질적으로나 정신적으로 빈궁했음을 볼 때 이러한 모습은 당연하다 하겠다. 참으로 첫 이주자들의 초기 사진들을 보면 곤궁한 생활로부터 박차고 도망 나와 잘 알지도 못하는 지역으로 떠나서 험난한 먼 길을 거치면서 모든 것을 빼앗기기도 하고, 온갖 위험을 넘어온 그들의 정신력 또한 엿볼 수 있다. 거기에는 초라한 서민의 의복, 긴 농민의 담배 파이프, 그리고 짚으로 만든 공차기에 쓰는 타봉들도 보인다. 그들은 아직 미래에 자신들이 어떤 위대한 정신적 물리적 공적을 쌓게 될 지를 상상도 못했을 것이다. 그들의 얼굴에는 미개인들 본래의 모습에서 나오는 조심스럽고 겁먹은 모습만이 보였는데, 그저 세 다리로 된 검은 상자 앞에 제각기 자리에 앉아서 조금도 움직이지 않고 있었다. 이러한 사진들은 많은 고통을 겪은 한인

이주민의 삶으로부터 나오는 역사의 문서상 한 페이지였음을 기억해 본다.

한인 이주민들의 운명은 각기 달랐다. 러시아가 그들을 환영하고, 시민권을 주었으며, 토지를 나누어주었던 시기도 있었으나 곧 러시아는 문을 닫아버렸고, 그럼에도 불구하고 많은 사람들이 더 나은 삶을 찾아 그곳으로 계속해서 들어오려고 했다. 이주자가 부유한 농민이건 토지 없는 피고용인이건 혹은 광주나 벌목노동자이건 간에, 그들이 누구인지와는 상관없이 그들 각각은 자신이 그 땅에서 외국인임을 자각해야만 했다. 만일 잘 살고 싶다면 일을 잘 해야만 했다. 또한 필요하다면 교육도 받아야 했다. 따라서 연해주의 한인들은 매우 빠르게 정신적인 변모를 겪어야만 했다.

1917년경에 한인민족학교는 182개에 달했다. 그곳에서 5,750명의 학생들이 공부했고, 257명의 선생님들이 일했다. 또한 43개의 선교 및 국립 러시아-한국 혼성 학교들이 있었고, 그곳에서는 2,599명의 학생과 88명의 선생님들이 있었다. 따라서 혁명 때까지는 초등교육시설이 없는 한인이주민 거주 농촌 혹은 시골지역은 한 곳도 없었다. 그래서 당신이 다음과 같은 내용의 문화부 관리의 보고서를 읽을 때 자부심을 느끼지 않을 수 없을 것이다.

"한국인들 사이에서 학교교육은 연해주 지역의 러시아 주민들 사이에서보다 훨씬 높게 소중히 간주되고 있다고 말할 수 있으며, 자바이칼 지역에 거주하는 까자끄 이주민들의 문맹률이 높은 것과는 달리 한국인 거주지에는 학교가 없는 곳이 없고, 어린아이들을 위한 한국인 학교를 제외하더라도 한 지역에 두개의 학교가 있는 곳도 있다. 한국인들은 교육의 효용성을 충분히 알고 있으며, 교육을 위해서는 돈을 아끼지 않고, 무엇이든지 사용한다."

우리는 이 시기 학생들과 선생님들, 즉 첫 번째 한국인 지식인들의 사진을 볼 수 있다. 아직 그들에게는 교육과 지성을 갖추고 있는 품위 같은 것은 보이지 않으나 많은 것을 이해하거나 알려고 하는 생각과 희망을 엿볼 수 있다. 왜 한국인 이주자들이 소비에트 권력을 지지하고 또 적군 측에서 싸웠는지는 이해할 만하다. 한편으로 그들은 불행한 러시아 노동자 대중들처럼 '토지는 농민에게로, 공장은 노동자들에게로' 라는 볼쉐비키의 슬로건을 믿었고, 다른 한편으로는 백군이 도움을 요청한 일본의 간섭에 대한 증오심을 가라앉힐 수도, 또 그러고 싶지도 않았기 때문이다. 40개 이상의 한국 게릴라 부대들이 쁘리아무르 지역에서 활동했고, 이에 대해 조용한 아침의 나라에서 온 아들들은 용감한 병사들이었다는 적군사령관들의 공식적인 인정도 있었다.

그 당시 사진들이 그렇게 많이 보존되어 있지는 않은데 그 원인에 대해서는 아래에서 이야기 하겠다. 신문 등 발간된 지면에서 나타나는 전쟁 중 한인들의 사진들을 보면 지난날 이주자들의 순종적인 성격이 어떻게 굳어지게 되었는지를 추적해 볼 수 있다.

1920년대 말에 집단화가 시작되었다. 주었던 토지를 몰수하였고, 합동 경영을 위해서 가축들도 공유화 했다. 또한 그 시기에 다수의 한인들이 그들을 기다리고 있던 중국으로 보내져 고단한 운명을 이어가게 되었다. 그러나 그러한 전면적인 집단화의 상황 속에서도 이주자들의 손은 쉬지 않았다. 그들은 땀투성이가 될 때까지 일했고, 아이들을 키우고 초등학교는 물론 고등교육기관까지 보냈다. 따라서 그 당시의 사진들에는 한인 지식인들의 수가 급격히 늘어나 있음을 볼 수 있다. 이에 대해 다음과 같은 사실들을 덧붙여 말하고 싶다. 그 당시 극동지역에는 이미 한국어로 된 신문이 여러 개 있었고, 민족극장, 고등사범학교와 직업기술학교가 있었다. 또한 일군(一群)

의 문필가와 시인 그리고 미술가 및 예술가들이 있었는데 그들의 창작품들은 '고려 사람들' 에게 커다란 영향을 미쳤다.

그 당시 사진에서 이주자들의 외모를 엿 볼 수 있다. 청장년층의 남성들은 예외 없이 유럽풍의 의복을 입고 있었고, 여성들도 그들 못지않았으며, 여러 가지 머리 모양이 일목요연하게 당시의 유행을 나타내고 있다. 단지 농촌에서는 노인들이 한민족 의복을 헤어지도록 늘 입고 다녔으며, 공휴일이나 축일 등에는 더욱 그러하였다. 이러한 체화(體化)된 관습은 곧 매우 빨리 사라지게 되었고, 그 후 영원히 고려 사람의 삶은 이주 전후의 두 시기로 나누어지게 되었다.

1937년에 소련 정부는 모든 한인 이주민들을 극동지역에서 중앙아시아로 강제 이주시킬 것을 결정했다. 지금까지 이러한 강제 소치에 대해 한국학 관련 학자들과 문학가 그리고 역사가들 사이에서 논쟁이 끊이지 않고 있다. 일부는 이것을 실질적인 한국인 말살정책으로 보고 있으며, 또 다른 일부는 이것을 장기적 결과로 판단하여 오히려 다행한 일로 간주하기도 한다. 나 또한 이에 대해 나름 견해를 가지고 있는데 저자로서 핵심에서는 좀 벗어나는 것이긴 하지만, 이 주제를 다룬 소설에서 서술하였다. "한국인 이주자들에 대해 생각할 때 내 앞에서는 두 개의 견해가 서로 싸운다. 역사소설을 쓰고 있는 사람으로서 사실에 객관적으로 접근할 의무가 있기 때문에 나는 그와 같은 조치가 2차 세계대전 전야에 군국주의 일본의 극동지역에 대한 공격적인 요구가 임박한 정치 · 군사적 상황에서 여러 측면에서 정당화 된다는 점을 인정한다. 그러나 자신의 예술적 영웅들에 대해 서술하는 작가로서 그들에게 편애적이지 않을 수 없고, 또 그들과 체험을 함께하며 이러한 육체적으로 고단하며 도덕적으로도 모욕적인 고향으로부터의 추방이라는 모든 고통을 그들과 함께 겪지 않을 수 없다." 나는 한편으로 국경선을 넘어 내륙 깊숙이 대규모의 대중을 이송하는 전례 없는 작전과 다른 한편으로는 흩어져 고생한 수천의 망가진 운명들에 대해 썼다. 물론 그 후 끄림 지역의 따따르인들과 볼가강 유역의 독일인들, 발트해 연안 지역사람들 및 소비에트 정권이 볼 때 믿을 수 없는 민족으로 낙인찍힌 다른 민족들을 이주시킨 것과 비교한다면 한인들의 강제이주는 그래도 매우 선처를 해 준 것으로 볼 수도 있다. 그러나 일면 한인들 모두가 소비에트 권력을 위해 싸웠고 항상 그를 지지했음을 기억해야 한다. 더욱이 이주 후에 참혹한 전쟁 시기에 수천 명의 한인들이 전비 충당을 위해 돈을 바쳤다. 우리 아버지, 어머니는 카자흐스탄과 우즈베키스탄의 미개간지에 온 첫 번째 사람들이었다. 그 다음에 온 이주자들은 이미 길이 닦여져 있어 훨씬 쉽게 길을 갈 수 있었다. 그러나 다른 한편으로 고려 사람에게 이주가 좋은 일이었다고 생각하는 사람도 있다. 이것에는 나름 이유가 있을 수 있다. 그러나 불행으로부터 행복이 잘 나온다는 것은 단지 속담에서 일 뿐이며 말하자면 선이 없는 악은 없다는 것이다. 이것은 하나가 다른 하나와 절대적으로 대비되지 않기 때문에 실제로는 명백히 모욕적인 것이다. 따라서 정치가와 학자들에게 논의를 맡겨두고, 나는 단지 광대한 영역과 시간에 걸쳐 자신과 자녀들의 더 나은 삶을 향한 위대한 꿈을 실현시켜 나갔던 우리 한민족 이주민들의 공적에 대해서만 말하고 싶다.

나는 비인간적인 상황에 살면서도 소택지의 물을 다 뺀 후 그것을 비옥한 토지로 바꾸어서 전(全) 나라에서도 기록적인 양의 쌀과 전규 그리고 야채를 수확했던 그들의 용감성을 찬양하고 싶다. 그리고 이러한 각고(刻苦) 노동의 결과는 이주자들을 받아들였던 당국이 그들에게 최고의 포상을 주는 계기가 되었으며 민중들의 존경 또한 받게 되었다. 이러한 포상의 빛과 온기는 우리만이 느끼는 것이 아니라, 그들의 후손 그리고 모든 한민족 대표들에까지 미쳤다. 매우 유감스럽게도 이 당시 이주에 대해 이야기해주는 사진이 한 장도 없다. 그럴 수밖에 없었을 것이다. 왜냐하면 그러한 조치가 비밀리에 이루어졌기 때문이다. 또한 누군가가 감히 그것을 필름에 담으려고 하지는 못 했을 것이다. 그 뿐만 아니라 다른 어떤 강제적인 조치들처럼 그것에는 엄청난 탄압이 수반되었다. 이주 한민족의 중추적 인물들이었던 수천 명의 선생들과 장교들 그리고 많은 다른 직종의 대표자들이 총살형을 당하거나 각지의 공포의 수용소로 분산 수용되었다. 그들의 사진은 인민의 적으로서 대부분 가정 앨범에서 제외 되었다.

그렇다. 이주 후에는 사진조차 없었다. 그저 살아남아야만 했다. 이 어려운 격변의 시기에, 삶에서는 늘 그렇게 다가오곤 하지만, 고려 사람들 중에는 개척자적 능력과 책임감을 가지고 스스로 한인 이주자 사회의 진정한 지도자가 되었던 사람들이 있었다. 물론 많은 경우에 정말 열심히 일한 그들 덕분에 이주민들은 아주 짧은 기간에 광대한 크기의 미개간 토지를 옥토로 바꾸어 상당한 수확을 할 수 있었으며 아무것도 없었던 황량한 땅에 집과 학교 그리고 마을 회관 등을 지을 수 있었다.

1938년, 그러니까 이주 후 1년이 지나 고려 사람들의 삶에 상징적인 일이 생겼다. 모든 한인학교들이 러시아어로 공부를 하게 되었던 것이다. 이러한 조치의 이유에 관하여서도 오늘날까지 일치된 견해는 없다. 이러한 강제적인 결정으로 한국어와 문화는 결국 단절되는 운명에 처하게 되었다. 더욱이 자치권을 갖지 못한 25만 이주민들에게는 그리 많지 않은 한국어 전문가가 있었던 것으로 보인다. 이것을 자세히 논의하기는 어렵다. 이러한 상황은 한인 이주민들에게 또 다른 계기가 되었다. 약 30여 년이 지나서 한인들은 초등학교 및 고등교육기관 졸업자 숫자에서 소연방의 130개 민족들 중에서 두 번째의 위치를 차지했다. 러시아어는 우리에게 소비에트 정부 설립 후 그 공간에서 문학과 문화에서 뿐만 아니라 전 세계에 참여할 가능성을 주었다. 1947년에 나라는 이주민들을 기억하고 영웅적인 공로에 대해 그 가치에 따른 상을 주게 되었다. 그때서야 사회주의 노동훈장 보유자와 영웅들의 첫 사진들이 나타나게 되었다. 다시 5년이 흘러 한국인들은 다른 소비에트 사회의 일반 시민들과 동등한 권리를 갖게 되었다. 이것은 우리 아버지, 아저씨들이 손에 무기를 들고 싸웠던 것에 대해 보상 받은 것뿐이었다.

이러한 평등은 어느 정도의 힘과 영감 그리고 용기에 의해 주어진 것이며, 이로써 소연방지역 어디로든 자유롭게 이주할 수 있고, 군대에서 복무하며 원하는 곳에서 살 수 있게 되었다. 이러한 상황은 우리의 사진들에서도 엿볼 수 있다.

마지막으로 오늘날 개혁과 소연방의 해체 등 급격한 변화의 시기에 우리가 어디로 가며, 또 무엇을 할 것인가와 같은 쉽지않은 문제가 놓여있다.

일부 사람들은 소연방 해체 후 공화국의 다른 지역으로 떠나고, 또 다른 일부사람들은 먼 외국으로 떠났다. 그러나 많은 이들이 자신의 고향으로 되돌아갔다. 우리는 사진과 책들 뿐 만아니라 자기 자신과 더불어 조상의 고향으로 되돌아간다. 비행기와 배를 타고 계획된 시간에 맞추어 우리 조상들이 몇 달을 거쳐 힘든 역경 속에서 걸어왔던 광대한 지역을 따라 되돌아간다. 이미 오늘날 천여 명의 중앙아시아 고려 사람들이 한국에서 일하고 있고, 비록 그들이 하는 일이 한국말을 몰라서 특별한 지식이 필요 없는 단순한 것들이지만 시간이 흐르면 곧 언어적인 장애를 극복할 것이다. 우리는 낯선 나라에서도 이것을 할 수 있었는데 자신의 고향에서 이것을 못할 이유가 무엇이겠는가? 우리는 이미 조상들이 고국으로부터 먼 곳에서 그것을 성취할 수 있었음을 보여주었다. 우리는 특별히 재산을 모아놓은 것 없이 돌아간다. 그러나 우리에게는 과거에 많은 민족들 사이에서 살아남은 엄청난 경험과 다른 나라들의 언어와 문화 및 관습에 대한 확실한 지식이 있으며, 우리는 이것을 우리의 자산일 뿐만 아니라 모든 한민족의 자산이라고 생각한다.

우리는 우리가 살던 나라들의 다른 민족들 사이에서 성실한 노동과 인내 그리고 지식에 대한 애착으로 커다란 존경과 최고의 찬사를 받고 돌아온다.

우리는 지난날의 시간들이 한국의 최초의 개척자로서 가치 있는 시간들이었으며, 멀고 가까운 외지에서 조용한 아침의 나라의 미래 경제적 정신적 영역의 진정한 전위대였음을 마땅히 자랑스럽게 생각한다. 우리는 집으로 돌아간다. 그러므로 사랑하는 마음으로 문을 활짝 열어주시길 바란다.

찾아보기

ㄱ

ㄴ

ㄷ

ㄹ

ㅁ

ㅂ

ㅅ

ㅌ

ㅍ

ㅎ

편자 약력

김 이그나트(김 용기)

1942년 우즈베키스탄 타쉬켄트 근교 촌락인 '꾸일로크'에서 출생.
1947~1957까지 이북에서[주로 평양-만경대] 부모들과 함께 살다가 6·25전쟁(1950-1953) 때는 중국의 할빈시에서 살았고, 1957년에 부모와 함께 우즈베키스탄의 타쉬켄트로 이주. 1972년 우즈베키스탄 타쉬켄트 종합대학 산수학과와 경제대의 경제정보가공학과를 졸업하고, 컴퓨터 프로그램 근무자로 우즈베키스탄 공화국의 주요산업체에서 근무. 1994~2000년 우즈-대우 합작 회사 번역 및 통역원으로 근무했고, 2001년부터 한국인들과 개인 사업을 하고 있음. 2006년에 고려인의 중앙 아시아 이주 70년을 기념하여 『사진으로 이어 가는 추억』이라는 사진집을 발표하였음.

김 블라지미르(김 용택)

1946년 우즈베키스탄 타쉬켄트 근교 촌락인 '꾸일로크'에서 출생. 출생한 해에 부모와 함께 북한으로 가서 12세 까지 살았고, 당시 소련한인을 위해 평양에 개교한 학교에 들어가 러시아어를 학습. 6·25 전쟁 동안에는 중국에서 살았고, 15세 때에 타쉬켄트로 돌아와 석공·미장공·판석공 등 건설노동자로 일했음. 그 사이에 야간학교를 마치고 종합기술학교 산업 및 민간 건축공학과에 들어가 공부하다가, 1년 후 군에 입대, 그곳에서 지역 군사 신문에 기사를 쓰기도 했음. 제대 후 타쉬켄트 국립대학 언론학부에서 공부했고, 이후 학생 및 청년 신문사에서 일해 책임비서까지 승진. 1979년 한국어로 발행되는 '레닌기치' 신문의 책임자가 되었으며, 이후 타쉬켄트 통신사의 소장이 되었음. 타쉬켄트 국립대학에서 언론학을 강의했고, 사범대학에서는 한국어를 가르치기도 했으며, 한인으로는 처음으로 우즈베키스탄 공화국 '공로언론인'의 칭호를 받았음. 80년대 말에서 90년대 초에는 한국문화원 설립에 적극 참여하였음.

조규익

1957년 충남 태안 출생.
문학박사. 해군사관학교 교수, 경남대학교 교수 등 역임. 현재 숭실대학교 국어국문학과 교수 겸 한국문예연구소 소장. 인문대학장 역임. 미 UCLA에서 비교문학과 한인 이민문학을 연구. 제2회 한국시조학술상, 제15회 도남국문학상, 제1회 성산학술상 등 수상. 2011·2012년 숭실대 연구업적 Best SFP(Soongsil Fellowship Professor). 2008년부터 고려인 문학의 연구를 위해 러시아·카자흐스탄·우즈베키스탄·키르기즈스탄·벨라루스 등을 두루 여행했음.
『조선조 시문집 서·발의 연구』, 『고려속악가사·경기체가·선초악장』, 『가곡창사의 국문학적 본질』, 『우리의 옛 노래문학 만횡청류』, 『봉건시대 민중의 고발문학 거창가』, 『해방 전만주지역의 우리 시인들과 시문학』, 『17세기 국문 사행록 죽천행록』, 『해방 전 재미한인 이민문학(1~6)』, 『연행노정, 그 고난과 깨달음의 길』(공), 『주해 을병연행록』(공), 『무오연행록』(공), 『홍길동 이야기와 〈로터스 버드〉』, 『국문 사행록의 미학』, 『조선조 악장의 문예미학』, 『제주도 해녀 〈노 젓는 소리〉의 본토 전승양상에 관한 조사 연구』(공), 『한국고전비평론자료집』(공역), 『연행록 연구총서(1~10)』 (공편), 『고전시가의 변이와 지속』, 『아, 유럽!-그 빛과 그림자를 찾아』, 『꽁보리밥 만세』(수필집), 『풀어 읽는 우리 노래문학』, 『조선통신사 사행록 연구총서(1~13)』(공편), 『어느 인문학도의 세상읽기』(수필집), 『베트남의 민간노래』(공편역), 『고창오씨 문중의 인물들과 정신세계』(공), 『고전시가와 불교』, 『아리랑 연구총서 1』(공편), 『한국 생태문학 연구총서 1』(공편) 등의 저서와 다수의 논문 발표.

- 홈페이지 : http://kicho.pe.kr
- 블로그 : http://kicho.tistory.com
- 이메일 : kicho@ssu.ac.kr/kicho57@hanmail.net

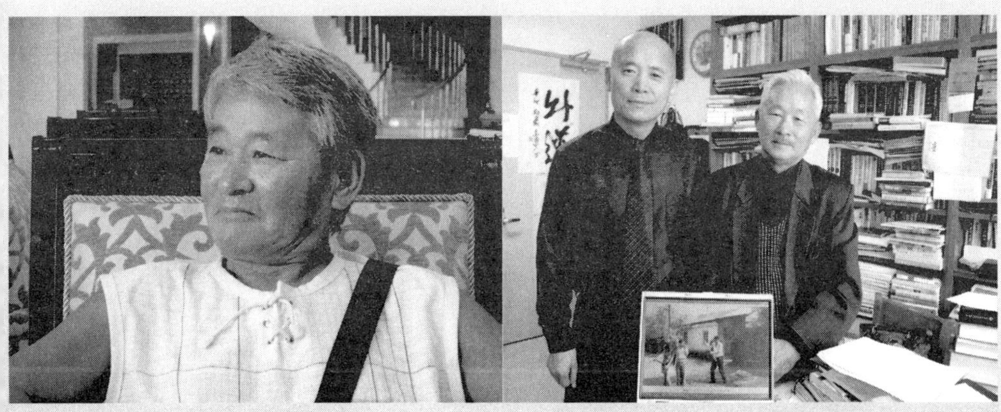

▲ 타쉬켄트 호텔에서 블라지미르 김 ▲ 백규 연구실에서 이그나트 김과 조규익

숭실대학교 한국문예연구소 학술자료총서 02

사진으로 보는 중앙아시아 고려인의 이주 및 정착사
우리 민족의 숨결, 그곳에 살아있었네!

초판 인쇄 | 2012년 2월 22일
초판 발행 | 2012년 3월 1일

엮 은 이 김 이그나트·김 블라지미르·조규익

책임편집 윤예미

발 행 처 도서출판 지식과 교양
등 록 제2010-19호
주 소 132-908 서울시 도봉구 창5동 262-3번지 3층
전 화 02-900-4520 / 02-900-4521
팩 스 02-900-1541
전자우편 kncbook@hanmail.net

ISBN 978-89-94955-61-2 93810 정가 15,000원

이 도서의 국립중앙도서관 출판도서목록(CIP)은 e-CIP홈페이지(http://www.nl.go.kr/ecip)에서 이용하실 수 있습니다.
(CIP제어번호: CIP2012000574)